AF495069

Léon est le pseudonyme
de Léon Rabbe
d'après Quérard

L'AMANT INTRIGUÉ,

OU

LE COUP DE PISTOLET,

COMÉDIE

EN UN ACTE ET EN PROSE,

PAR M. LÉON;

Représentée, pour la première fois, à Paris, sur le Théâtre de la Gaîté, le 24 mars 1821.

PRIX : 1 fr. 25 c.

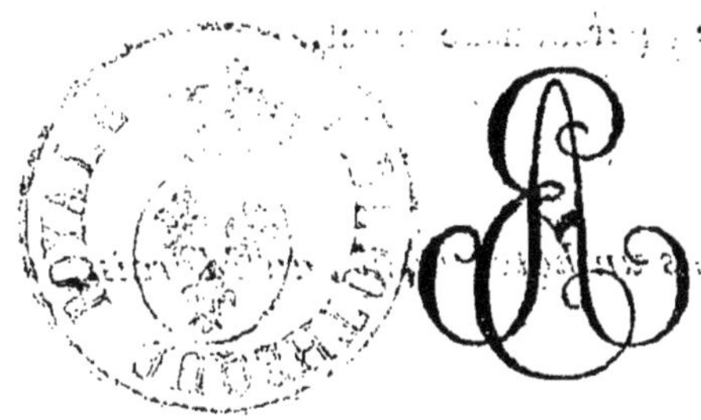

A PARIS,

Chez Madame HUET, Libraire-Éditeur, au Grand Magasin de Pièces de Théâtre anciennes et modernes, rue de Rohan, nº. 21, au coin de celle de Rivoli, près le Palais-Royal.

De l'Imprimerie d'EVERAT, rue du Cadran, nº. 16.

1821.

PERSONNAGES.	*ACTEURS.*
LE COMTE D'ARMANCOURT, colonel de cavalerie.	M. Ferdinand.
LAURE D'ARMANCOURT, veuve du capitaine, et qui n'est pas connue du comte d'Armancourt.	Mlle. Letourneur.
SOPHIE DE LANCEY, jeune veuve, amie de Laure.	Mlle. Adèle Dupuis.
SAINVILLE, amant de Laure.	M. Victor.
ANTOINE, hôte de l'hôtel garni.	M. Duménis.
DURANT, créancier de Laure.	M. Parent.
UN NOTAIRE.	M. Martial.
LAFLEUR, valet du colonel.	M. Héret.
Une Suivante de Laure, personnage muet.	

La scène est dans un hôtel garni, au Marais.

L'AMANT INTRIGUÉ,

OU

LE COUP DE PISTOLET,

COMÉDIE.

Le Théâtre représente un salon commun ; à droite, l'appartement du Colonel ; à gauche, celui destiné à Laure et à Sophie.

SCÈNE I.

LAURE, SOPHIE, UNE SUIVANTE, *portant un sac de nuit et un carton.*

SOPHIE, *parlant en dehors.*

Bon ! la porte à droite... heim !... c'est le seul appartement libre ?... allons, il faudra bien nous en contenter... Entrez, Justine, et préparez tout pour nous recevoir. Cet hôtel est fort beau... un grand jardin... notre appartement semble devoir y communiquer... nous serons bien ici, ma chère... un peu loin de tout... des spectacles, par exemple... au Marais !

LAURE.

Vous oubliez, Sophie...

SOPHIE.

Oui, c'est juste... je ne viens pas pour cela, mais pour vous suivre, ma chère Laure, pour vous consoler, vous encourager et faire les démarches nécessaires pour obtenir cette pension que la mort du capitaine d'Armancourt, votre époux, vous donne le droit de réclamer... jusque-là, le plus profond silence doit vous environner... Madame d'Armancourt, veuve de cet étourdi qui l'a rendue si malheureuse !...

LAURE.

Sophie !...

SOPHIE.

Non, j'en veux toujours au défunt... Cette aimable veuve,

dis-je, s'appelle à présent... eh! bien!... bon dieu!... ma chère, j'allais oublier votre nouveau nom!

LAURE.

Une cruelle nécessité me force à prendre ce pénible parti; j'ignorais l'inconduite de mon époux.

SOPHIE.

Quelle meute de créanciers!... et quelles figures surtout!... c'est pour en mourir!

LAURE.

J'ai sacrifié tout ce que je possédais; mais ces sommes sont si exorbitantes!... poursuivie, obligée de me cacher...

SOPHIE.

Votre mari n'avait-il pas quelques parens?

LAURE.

Je ne les ai point connus... Brouillé avec toute sa famillle...

SOPHIE.

Ah! c'était un mauvais sujet! mais pourquoi refuser les services d'une amie?

LAURE.

Eh! puis-je les accepter, Sophie? vous avez une fortune honnête, sans doute; mais aurais-je consenti à voir diminuer vos revenus et resserrer la dépense de votre maison.

SOPHIE.

Bon! vous savez que je suis lasse de ma calèche; quant à mes diamans...

LAURE.

Non: avec cette pension et de l'économie...

SOPHIE.

La pension! vous l'aurez, ma chère... songez que je suis la solliciteuse... j'ai de bonnes recommandations, un nom connu... toutes les portes me seront ouvertes... et puis, vous voyez: j'ai de la gaîté, de l'originalité dans l'esprit... je verrai les gens qu'il faudra voir; je leur conterai vos malheurs; je les ferai rire, et vous aurez la pension... Mais personne... l'hôte qu'on nous a dit absent, devrait être de retour.

LAURE.

Je tremble, surtout que le plus acharné des créanciers de mon mari, ce M. Durant...

SOPHIE, *éclatant de rire.*

Ah ! ah ! ah ! la plaisante figure !

LAURE.

Je ne l'ai vu qu'une fois ; et je vous assure qu'elle ne m'amuse point du tout. Il m'a poursuivie jusque dans votre terre ; il ne peut ignorer que nous sommes à Paris ; il est porteur de titres qu'il m'est impossible d'acquitter.

SOPHIE.

Enfance que tout cela ! arrivées avec une seule femme dans une voiture de place, qui voulez-vous qui nous devine ici ? à moins que ce ne soit Sainville que vous avez éloigné de vous depuis six mois... Vous soupirez...

LAURE.

Ne me parlez jamais de lui, Sophie.

SOPHIE.

Voilà encore votre fausse délicatesse. Vous aimez Sainville ; il vous adore : avant de connaître la situation de votre fortune, vous lui avez permis d'espérer ; et à présent, parce que vous avez tout perdu, et qu'il jouit d'un revenu suffisant pour tous deux, vous le fuyez, vous l'accablez, vous le désespérez, et vous refusez de tenir de l'amour ce qu'en pareille circonstance il vous eût été doux de lui offrir. Je raisonne, moi, et je trouve cela inconséquent.

LAURE.

Non ; je ne dois point consentir...

SOPHIE.

Ecoutez... votre M. Sainville, est un personnage fort ennuyeux ; il ne s'occupe que de vous, ne pense qu'à vous, ne voit que vous. Madame d'Armancourt, et toujours Madame d'Armancourt ; il soupire vingt fois dans un quart-d'heure, rit sans sujet, s'afflige sans raison ; c'est un fou, qui n'est aimable que pour vous... il faut l'épouser quand ce ne serait que pour voir s'il deviendra aimable pour les autres... vous l'épouserez vous dis-je... (*d'un ton sérieusement comique.*) ou je ne vous accorde pas votre pension.

LAURE.

Quelqu'un ! c'est l'hôte sans doute.

SOPHIE, *le regardant.*

Il me donne envie de rire.

SCÈNE II.

LES PRÉCÉDENS, ANTOINE.

ANTOINE, *entrant et à part.*

Allons, M. Antoine, songez que l'attention scrupuleuse que vous mettez à bien connaître les personnes que vous logez dans votre hôtel, vous a mérité le surnom de *l'ami des mœurs*; et procédez auprès de ces Dames, à un interrogatoire en forme.

SOPHIE, *bas à Laure.*

Laissez-moi lui parler.

ANTOINE, *à part après les avoir examinées.*

Elles sont fort bien! (*il tousse comme pour se rassurer, s'avance, et salue ces Dames.*) Mesdames...

SOPHIE.

Monsieur l'hôte, on nous a indiqué votre hôtel; nous nous y sommes fait conduire.

ANTOINE, *à part.*

Oui, dans une voiture de place.

SOPHIE.

L'on nous a dit qu'un seul appartement était libre, nous l'avons choisi.

ANTOINE.

C'est un des plus beaux de la maison... aussi le prix...

SOPHIE.

Le prix n'y fait rien.

LAURE, *bas à Sophie.*

Mais, ma chère...

ANTOINE, *à part.*

Attention, M. Antoine! voilà des Dames qui ne tiennent pas du tout à l'argent. J'ai oui dire que... (*il tousse.*) hum! hum! (*haut.*) Oui, Mesdames, l'appartement est commode; il y a une sortie sur le jardin.

SOPHIE.

Bon!

ANTOINE, *à part.*

Elle aime les sorties sur le jardin! (*Haut.*) il est absolument semblable à celui-ci, (*il indique l'appartement en face.*) qui est occupé par un Colonel.

SOPHIE, *vivement.*

Un Colonel!

ANTOINE, *à part et l'imitant.*

Un Colonel!..

SOPHIE.

Tant mieux!

ANTOINE, *à part.*

Elle aime les Colonels! (*Haut.*) C'est un fort bel homme!

SOPHIE.

Ah! ah!

ANTOINE, *toussant d'un air de méfiance.*

Hum! Hum! (*Haut.*) Mais bizarre, original même, du plus beau sang-froid du monde; lisant, fumant, étudiant, ne riant jamais, ne répondant que par monosyllabes, et pour tout plaisir, s'exerçant au tir du pistolet dans le fond de mon jardin.

SOPHIE, *bas à Laure.*

Cet homme s'inquiètera peu de ses voisines.

LAURE.

C'est-ce qui convient à notre situation.

ANTOINE.

Du reste, riche; un grand train! faisant de la dépense. A propos, je n'ai pas vu vos gens là-bas.

LAURE.

Nous n'avons amené qu'une seule femme.

ANTOINE, *avec intention.*

Il y a encore une remise de libre, et si...

SOPHIE.

Non. Nous avons laissé notre équipage à..

ANTOINE, *à part.*

Nous avons laissé notre équipage à... je ne sais pas, je ne sais pas... mais... (*A plusieurs reprises, et faisant un grand salue.*) Oserais-je vous demander, Mesdames, à qui j'ai l'honneur...

SOPHIE, *riant.*

Ah! ah! ah! je n'avais pas encore fait attention à sa figure.

LAURE.

Sophie!..

SOPHIE, *continuant à rire.*

Cet air grave...

ANTOINE, *piqué.*

Madame, il est tout naturel que je sache...

SOPHIE.

Sans doute; mais c'est que vous nous faites cette question-là d'un ton...

ANTOINE.

Permettez, Madame... ma maison... vous ne connaissez peut être pas ma maison?.. les mœurs... la décence...

SOPHIE, *vivement.*

Que voulez-vous dire?

ANTOINE.

Madame Antoine surtout est d'une rigidité!..

LAURE.

Monsieur...

ANTOINE.

C'est que, voyez-vous, il nous est déjà arrivé de... on a vu se glisser des... (*il mange à moitié le mot.*) aventurières...

SOPHIE, *s'emportant.*

Aventurières!.. Madame d'Armancourt!

ANTOINE, *étonné.*

Madame d'Armancourt!

LAURE, *bas à Sophie.*

Qu'avez-vous fait?

SOPHIE, *à Laure.*

Une sottise!

ANTOINE.

Quoi! ce serait Madame d'Armancourt!

LAURE, *à part.*

Tout est perdu!

SOPHIE, *à part.*

Étourdie!

ANTOINE.

Femme du Comte d'Armancourt, Colonel de cavalerie, et qui occupe cet appartement! (*saluant profondément Laure.*) Madame la Comtesse!..

LAURE, *étonnée.*

La Comtesse!

SOPHIE.

Eh! oui, Comtesse. (*Bas à Laure.*) Cela nous fera gagner du temps.

ANTOINE.

Mesdames, il sera enchanté...

LAURE, *à Sophie.*

Qui?

SOPHIE, *étourdiment.*

Votre époux, Monsieur le Comte. (*Bas.*) C'est peut-être un parent de votre mari.

ANTOINE, *à part.*

Je me suis toujours douté qu'il était marié à une jeune femme. (*Il tousse.*) Hum! (*Haut.*) J'entends, bien... une surprise... que de pardons, Mesdames!.. justement, le voilà.

SCÈNE III.

LES PRÉCÉDENS, LE COLONEL: *il est en redingotte, en bonnet de police, un livre sous le bras; il fume d'un air distrait, sans apercevoir ces dames, et s'avance vers la table.*

LAURE.

Sortons.

SOPHIE.

Non. Cet empressement, ce mystère pourrait nous trahir. Un peu d'assurance.

ANTOINE, *mystérieusement.*

Monsieur le Colonel...

LE COLONEL.

Quoi donc?

ANTOINE.

Madame est arrivée.

LE COLONEL.

Madame qui?

ANTOINE.

Madame la Comtesse, votre épouse.

LAURE.

Son épouse?

SOPHIE, *bas à Laure en riant.*

Un mari tout trouvé, ma chère; et pourquoi non?

LE COLONEL, *à part.*

Je ne savais pas être marié.

ANTOINE, *indiquant Laure.*

La voici. (*à part.*) Quel froid accueil! je me doutais bien quil y avait... (*il tousse.*) Hum! hum!

LE COLONEL, *à part avec malice.*

Des femmes seules dans un hôtel garni!..

SOPHIE, *bas à Laure.*

Du courage!... un moment, une minute! peut-être avons-nous trouvé un protecteur.

LAURE.

Qu'exigez-vous?

SOPHIE.

Paix!

LE COLONEL, *s'approchant de Laure.*

Mon épouse... (*Otant sa pipe, et la regardant encore.*) Oui... (*Bas.*) Madame, oserais-je vous demander qui vous êtes?

LAURE, *avec dignité.*

Madame d'Armancourt, Monsieur.

LE COLONEL, *souriant.*

Très-volontiers. (*Il s'avance vers la table, s'assied et ouvre son livre.*)

SOPHIE, *bas à Laure.*

Un mot d'explication, et mon étourderie sera peut-être un bonheur.

LAURE, *à part.*

Je suis au supplice!

ANTOINE.

M. le colonel, je vous laisse avec Madame votre épouse.

LE COLONEL.

Bien!

(*Au moment où Antoine va sortir, Durant entre.*)

SCÈNE IV.

LES PRÉCÉDENS, DURANT, *au fond de la scène. Durant et Antoine ont l'air de se souhaiter le bonjour.*

ANTOINE, *lui indiquant Laure.*

Madame d'Armancourt? la voici. (*Il sort.*)

LAURE, *vivement à Sophie.*

Grand Dieu! Durant!

SOPHIE, *bas à Laure.*

Raison de plus pour être madame la Comtesse.

(*Laure accablée se jette dans un fauteuil.*)

DURANT, *rassemblant ses papiers.*

Voilà ce que c'est que d'avoir de l'intelligence, de la persévérance, de l'activité surtout; j'étais bien sûr de...

SOPHIE, *bas au colonel.*

M. le comte... (*Le colonel se lève et quitte son livre : Sophie lui montrant Laure.*) Madame est votre épouse, je vous en supplie; je vous le demande en grâce! vous êtes Français; je suis femme, je le veux, je l'entends, je l'ordonne.

LE COLONEL.

Il suffit, Madame.

DURANT.

Bon! voici les titres. Approchons.

SOPHIE, *au colonel, indiquant Durant.*

Voyez.

LE COLONEL.

Quoi donc?

SOPHIE, *avec un espèce d'effroi.*

Voyez cette grotesque figure qui s'avance vers Madame votre épouse.

LE COLONEL, *regardant Durant.*

Je vois.

DURAND, *s'arrêtant.*

Son épouse!

SOPHIE, *affectant de la frayeur.*

Bon Dieu! cela approche!... mon cher comte, appelez vos gens, s'il vous plaît, et faites-le...

LE COLONEL, *se levant gravement.*

Jeter par la fenêtre? oui, Madame.

DURANT.

Monsieur! Monsieur! je m'appelle Durant; je suis un homme d'honneur, connu, estimé...

LE COLONEL, *à part.*

Durant! j'ai ce nom-là sur mes tablettes.

LAURE, *à part.*

Quelle humiliation!

DURANT.

Et porteur des titres irrécusables, avec lesquels, je viens demander à Madame quinze mille sept cents quatre-vingt-neuf francs dix-huit centimes, les frais y compris.

LE COLONEL, *s'assied et reprend son livre.*

Ma foi!...

SOPHIE.

C'est un fou!

DURANT.

Je ne dis pas que Madame ait contracté la dette en question; mais, par la teneur de son contrat, par les signatures qu'elle a apposées, elle se trouve engagée et forcée comme contrainte, à payer au lieu et place de feu son mari.

SOPHIE, *riant.*

Vous voilà mort, mon pauvre Comte!

LE COLONEL, *sérieusement.*

Oui, Madame.

SOPHIE, *bas.*

Quoi! Monsieur... un moment, un seul moment, un quart d'heure!...

LE COLONEL.

Toujours, Madame; mais permettez... quinze mille sept cents...

SOPHIE, *courant vers Laure.*

Elle pâlit!

LE COLONEL, *se levant vivement.*

Elle se trouve mal! (*Il court vers elle en poussant rudement Durant.*)

DURANT, *à part.*

Bon! bon! c'est elle!... elle se trouve toujours mal quand elle me voit.

SOPHIE.

Ma chère Laure!

LE COLONEL.

Attendez... (*Il lui fait respirer un flacon; Laure revient à elle.*)

SOPHIE.

Eh quoi ! mon cher Comte, pour un mot, une légère discussion ? époux depuis si long-temps !... un si bon ménage !...

DURANT, *à part.*

Que veut-elle dire ?

SOPHIE.

Se bouder ainsi !

LAURE.

Monsieur, que d'obligations !

LE COLONEL.

Madame, je serais trop heureux !... (*Avec une espèce d'attendrissement.*) La pauvre petite femme !

SOPHIE.

Que veut dire cela ? *Monsieur! Madame!* (*à Laure.*) Vous êtes trop sensible, Comtesse.

DURANT, *à part.*

Comtesse ! mais ce n'est donc pas ?...

SOPHIE.

Et vous, Comte, d'une froideur !... dites comme moi... ma chère femme...

LE COLONEL.

Ma chère femme !...

DURANT, *à part.*

Sa femme !

SOPHIE.

A la bonne heure ! (*A Laure.*) Et puis, il ne faut pas se tourmenter comme cela... Ce cher comte !... que voulez-vous ?... militaire distingué, il faut bien qu'il parte... d'ailleurs, tout le monde n'est pas tué à l'armée...

LE COLONEL.

Je l'espère bien.

DURANT, *au comte.*

Je croyais que Monsieur y avait été tué déjà.

LE COLONEL.

Hein ?

SOPHIE.

Encore ici ?

LAURE.

Je sens..

SOPHIE.

Allons, elle va reprendre une attaque... je me doutais bien que cette maudite figure... (*A Durant.*) Sortez.

DURANT.

Mais, Madame.

LE COLONEL.

Sortez !

SOPHIE.

Ah ! mon Dieu ! il fera mourir la comtesse !

LE COLONEL.

Je voudrais bien voir que vous fissiez mourir... ma femme !

DURANT.

Je ne veux faire mourir personne ; mais je prétends être payé.

SOPHIE.

Éloignez-vous !

LAURE.

Éloignez-vous !

DURANT.

C'est sa voix !

LE COLONEL.

Éloignez-vous !

DURANT.

Mais, Monsieur, je vais vous prouver...

LE COLONEL, *prenant Durant à la gorge.*

Je ne veux rien entendre.

DURANT.

Je vous dis que cette dame...

LE COLONEL.

Je te défends de te présenter devant-elle !

DURANT.

Me doit quinze mille sept cent quatre-vingt-neuf francs... ouf! et soixante dix-huit centimes.

LE COLONEL, *le poussant involontairement du côté de la fenêtre.*

Sortiras-tu ?

DURANT.

Pas par-là, Monsieur, pas par-là !

LE COLONEL, *le poussant à la porte.*

Ah! traitre! (*A part, et froidement.*) Il y avait long-temps que je ne m'étais mis en colère!

DURANT, *rouvrant la porte et passant la tête.*

Oui, mais je suis en règle; il y a sentence; on me reverra! salut à Madame la comtesse.

(*Le colonel fait un mouvement pour aller à lui; Durant ferme la porte.*)

SCÈNE V.

LES PRÉCÉDENS, *excepté* DURANT. *Au moment où le colonel retourne avec empressement auprès de ces dames, comme pour les secourir, il les trouve debout toutes deux.*

LE COLONEL, *souriant.*

Ah! Mesdames, il paraît que votre indisposition...

SOPHIE, *riant.*

A merveille, mon cher Colonel! comme un ange!

LAURE.

Que de grâces j'ai à vous rendre, Monsieur! je vous dois une explication, et je vais...

SOPHIE.

Cela est juste. Mais avouez, Comte, que vous nous avez des obligations aussi. Comment donc! dès le matin, en bonnet de police, et tout en fumant, trouver l'occasion d'obliger deux femmes!... nos preux d'autrefois couraient par monts et par vaux, dix ans, avant de rencontrer une pareille bonne fortune; sachez donc, Monsieur, que ces dames...

SCÈNE VI.

LES PRÉCÉDENS, ANTOINE, *sortant de l'appartement du Colonel, et toussant pour s'annoncer.*

ANTOINE.

Hem! hem!

LAURE.

Voici l'hôte.

LE COLONEL, *bas aux dames.*

Suis-je toujours marié?

SOPHIE.

Toujours, plus que jamais, Monsieur.

ANTOINE.

M. le comte, vous savez que tous les logemens sont occupés dans mon hôtel; il vient de se présenter une personne honnête... et comme Madame est arrivée, que son appartement est vaste et commode... j'ai pensé qu'il pourrait suffire pour vous trois, et... (*Il tousse.*) Hum! hum!...

(*Le colonel sourit; les dames sont dans le plus grand embarras.*)

LAURE, *à part.*

O ciel!

SOPHIE, *à part.*

Voilà un petit incident auquel je n'avais pas songé.

LE COLONEL, *à part, souriant.*

Eh! mais...

ANTOINE, *au Colonel.*

J'ai si bien compté sur votre consentement, que le jeune homme visite votre appartement, et va venir me retrouver ici.

LAURE, *d'un côté au Colonel.*

Monsieur!...

SOPHIE, *de l'autre côté, au colonel.*

Monsieur!...

LE COLONEL, *à part.*

Amusons-nous un peu.

ANTOINE.

Qu'il me soit permis de faire observer à M. le comte, que dans un bon ménage...

LE COLONEL, *prenant la main de Laure.*

Sans doute, dans un bon ménage, on...

SOPHIE, *à part.*

Je ne sais si je dois rire de cela.

SCÈNE VII.

LES PRÉCÉDENS, SAINVILLE, *entrant par l'appartement du Colonel.*

SOPHIE, *l'apercevant, à part.*

Sainville! notre amant jaloux... à merveille! cela va devenir charmant: pour le coup, il faut que je rie.

SAINVILLE, *dans le plus grand étonnement et s'arrêtant tout-à-coup.*

Que vois-je ? Laure ici !

LAURE, *à part.*

C'est lui !

LE COLONEL, *à Laure.*

Qu'avez-vous donc, ma chère épouse ?

SAINVILLE, *stupéfait.*

Son épouse !

LAURE.

Je ne sais.., je sens...

SOPHIE.

Ce n'est rien, ce n'est rien. (*A Laure.*) rentrez, comtesse.

SAINVILLE, *à part.*

Comtesse !...

SOPHIE, *bas à Laure.*

Il ne faut pas d'explication devant notre hôte. (*Haut.*) Un moment de repos...

LE COLONEL, *la conduisant vers son appartement.*

Rentrez, ma chère amie.

SAINVILLE, *à part.*

Je suis perdu !

ANTOINE, *bas à Sainville.*

Cela va bien pour vous. M. le comte consent à occuper la chambre de Madame ; vous aurez la sienne. Hum ! hum !

SAINVILLE, *à part.*

Est-ce un songe ? (*Il reste debout, immobile à la même place. Laure rentre.*)

SCENE VIII.

LES MÊMES, *excepté* LAURE.

SOPHIE, *paraissant ne faire qu'apercevoir Sainville.*

Mais je ne me trompe pas ! quel heureux hasard !... M. le comte, voulez-vous me permettre d'avoir l'honneur de vous présenter... (*Voyant Sainville immobile*) le portrait en pied de M. Sainville, homme charmant, on ne peut pas plus aimable, d'une gaîté folle, et notre ancien ami.

ANTOINE.

Monsieur, c'est ce portrait-là qui demande à être placé dans votre appartement.

LE COLONEL.

Certainement, Madame, vos amis et ceux de la comtesse... (*A part.*) C'est l'amant de ma femme.

(*Sainville fait un mouvement.*)

SOPHIE.

Eh! mais! quel prodige!... il s'anime... il s'avance... (*Le prenant par la main, et le présentant au colonel.*) M. le comte, c'est l'original lui-même... saluez donc.

SAINVILLE.

Madame... (*A part.*) Je puis à peine me contenir! (*Haut.*) Quoi! Monsieur, ce n'est point une erreur?... vous êtes...

LE COLONEL

Oui, monsieur, très-disposé à accueillir les amis de mon épouse... mais je ne sais pas, je suis inquiet d'elle... (*A part.*) Je voudrais bien avoir une explication.

ANTOINE.

Plus de difficultés. (*A Sainville.*) Puisque vous êtes un ami de Madame, plaidez sa cause, Monsieur et la vôtre. (*Il tousse.*) Hum! hum! allons, tout est arrangé, tout est en ordre, et je vais en prévenir madame Antoine. (*Il sort.*)

SCÈNE IX.

LES MÊMES, *excepté* ANTOINE.

SAINVILLE, *à part.*

Plus de doute... mais non, je ne puis croire encore...

LE COLONEL, *bas à Sophie.*

Je voudrais pourtant bien savoir... croyez-vous que je puisse?...

SOPHIE, *bas.*

Entrez, Monsieur: elle est avec Justine, et deux mots vous feront tout connaître.

SAINVILLE, *à part.*

Que se disent-ils?

LE COLONEL.

Hein?... je crois qu'elle m'appelle.

SAINVILLE, *vivement.*

Non, monsieur.

LE COLONEL.

Pardonnez-moi, pardonnez-moi. (*Il écoute.*) Mon cher comte! elle a dit : mon cher comte!

SOPHIE.

Elle a dit : mon cher comte!

LE COLONEL.

Peut-être se trouve-t-elle mal!... il faut...

SAINVILLE.

O ciel, que dites-vous? courons...

LE COLONEL, *le devançant et l'arrêtant par un grand salut.*

Monsieur, j'ai bien l'honneur de vous saluer.

(*Il entre chez Laure, et ferme la porte.*)

SCÈNE X.

SOPHIE, SAINVILLE.

SOPHIE, *à part.*

Ah! enfin, voilà une occasion de rire!

SAINVILLE.

Madame! Madame! je vous en supplie, je vous le demande en grâce!... au nom de ce que vous avez de plus cher!...

SOPHIE.

N'approchez pas, Sainville... vous êtes fou!

SAINVILLE, *hors de lui.*

Oui, je le suis... ma tête est perdue!... quoi! Laure, Laure! voilà donc le motif de sa fuite!... elle refuse ma main, ma fortune, trop indigne d'elle sans doute... mais je songeais à l'augmenter... une place... le ministre que je dois voir encore à deux heures... mon seul but était de lui rendre tout ce qu'elle a perdu... l'amour a réveillé l'ambition dans mon cœur, l'ambition a détruit l'amour dans le sien.

SOPHIE.

Voilà une belle phrase! mais remettez-vous, Sainville... écoutez...

SAINVILLE.

Mariée! mariée!... elle, Laure!... comtesse!... ce titre l'a séduite... mais sera-t-elle heureuse?... Sophie, Sophie!... dites qu'elle sera heureuse!

SOPHIE, *à part.*

Je suis folle... Je crois qu'il m'attendrit... (*Haut.*) Oui... non... je n'en sais rien.

SAINVILLE, *regardant du côté de l'appartement.*

Elle est là!... Laure est là! et le comte...

SOPHIE, *à part.*

Courage! et point de pitié pour les grands sentimens... (*Arrêtant Sainville qui s'approche de la porte.*) Qu'allez-vous faire?

SAINVILLE.

Je suis au supplice!

SOPHIE.

Mon cher Sainville!

SAINVILLE.

Entrons, Madame!

SOPHIE.

Quelle indiscrétion!... allons, paix! soyez sage, raisonnable; une femme vous abandonne... eh bien! quoi? est-elle la seule jolie, aimable, la seule qui puisse faire votre bonheur?

SAINVILLE.

La perfide!

SOPHIE.

On lève les yeux... on regarde les gens... on n'est pas distrait comme cela... eh bien?

SAINVILLE, *la regardant.*

Je vois Laure... toujours Laure!

SOPHIE.

Eh! mais, vous extravaguez, Sainville; Laure ne peut-être à vous; et... écoutez-moi donc! vous regardez toujours à cette porte.

SAINVILLE, *à part.*

Il ne revient pas!

SOPHIE, *minaudant.*

Le veuvage est fort triste... vous feriez, je crois, le bonheur d'une femme... sensible... Laure est mon amie, elle a tout deviné, et...

SAINVILLE.

Madame, n'ajoutez point...

SOPHIE, *vivement*.

Mais de la gaîté, je vous prie ; plus d'humeur, point de soupirs, pas de phrases.

SAINVILLE, *à part, et regardant du côté de la porte de Laure*.

Je n'y tiens plus !

SOPHIE.

Allons, tout est décidé ; je suis veuve, riche ; je consens à tout.

SAINVILLE.

Elle me trahit ! elle est à un autre !

SOPHIE.

Voilà ma main.

SAINVILLE, *vivement*.

Madame, je suis furieux, désespéré, capable de tout !... je l'accepte.

SOPHIE, *étonnée*.

Ah !

SAINVILLE.

Oui, plus de bonheur pour moi ! je vous épouse.

SOPHIE, *riant*.

Je ne m'attendais pas à ce dénouement.

SAINVILLE.

Riez, riez... mais vous êtes ma femme... vous la serez demain, ce soir... elle le saura... elle verra qu'aussi léger qu'elle.. dites-lui que je l'oublie, que je ne l'aime plus, que je vous adore !... (*Un domestique entre.*)

LE DOMESTIQUE.

La voiture qui doit conduire Monsieur chez le ministre. (*Il sort.*)

SAINVILLE.

Oui, je vais chez le ministre... elle m'a dédaigné ; l'ambition l'a rendue parjure !... elle est comtesse... mais vous, Madame, vous !...

SOPHIE.

Que serai-je, Monsieur ?

SAINVILLE.

J'accepte d'abord cette place... ensuite, j'ai des amis, des protections, quelques talens peut-être... je me livre à ma fortune, je triomphe de tout, et je veux que comblée de richesses et d'honneurs, vous ne puissiez plus, du rang où je vous aurai élevée, reconnaître l'ingrate dans la foule.

SOPHIE.

O ciel! quels projets!... voudriez-vous supplanter le ministre?

SAINVILLE.

Je sors. (*Il va vers la porte de l'appartement de Laure.*)

SOPHIE, *l'en faisant apercevoir.*

Mon cher époux!...

SAINVILLE.

Mais dites-lui qu'il faut que je la voie... dites surtout au comte de m'attendre; il me doit une explication, et aujourd'hui même...

SOPHIE, *feignant l'émotion.*

Qu'entends-je?... un éclat! un duel!

SAINVILLE, *avec impatience.*

Non, non. (*A part.*) Allons, elle va... (*Haut.*) Ne craignez rien, Madame.

SOPHIE, *feignant de se trouver mal.*

M. Sainville!... (*Sainville la soutient.*) (*Eclatant de rire.*) Vous êtes bien le fou le plus aimable, le plus divertissant que je connaisse!

SAINVILLE, *avec humeur.*

Morbleu! Madame... courons! (*Il sort.*)

SOPHIE, *riant.*

Je crois que ce mariage ne se fera pas.

SCÈNE XI.

SOPHIE, LE COLONEL, *il sort de l'appartement de Laure. On aperçoit Justine qui referme la porte.*

SOPHIE.

Eh! arrivez donc, cher colonel! Je quitte un homme au désespoir; rien n'est plus plaisant... je vous conterai cela; mais avant tout, causons un peu de nous-mêmes. Eh bien, noble chevalier, deux dames persécutées peuvent-elles compter sur votre protection?

LE COLONEL.

Je romprais vingt lances pour les défendre!

SOPHIE.

Vous connaissez à présent Madame d'Armancourt?

LE COLONEL.

Oui; et vous aussi, Madame.

SOPHIE.

Ah!

LE COLONEL.

Vous êtes veuve de M. de Lancey; je l'ai connu quelques années avant son mariage. Ecoutez: ma femme est charmante et sans fortune; cela me fait de la peine. Vous êtes jolie et riche, j'en suis fâché.

SOPHIE.

Comment?

LE COLONEL.

Moi, je suis jeune encore... estimé; j'ai un peu de gloire, beaucoup d'argent, et j'en suis bien aise.

SOPHIE, *riant*.

A merveille!

LE COLONEL.

Ma femme est douce, tendre, sensible... il faut la mari r, ma femme.

SOPHIE.

Bien!

LE COLONEL.

Vous êtes vive, étourdie, un peu folle... il vous faut un mari.

SOPHIE.

Vous m'y faites songer... il y a long-temps que je n'ai désolé personne.

LE COLONEL.

Je pose en fait qu'il faut vous marier toutes deux, et dans une heure...

SOPHIE.

Dans une heure!..

LE COLONEL.

Je vous en dirai peut-être d'avantage.

SOPHIE, *à part.*

Voilà bien l'original le plus... (*elle le regarde furtivement.*) Il est aimable !

LE COLONEL.

A propos de maris, qu'avez-vous fait du jeune homme?

SOPHIE.

Il s'est rendu chez le ministre.

LE COLONEL, *réfléchissant.*

Sainville chez le ministre! c'est Sainville qu'il se nomme? pour cette place, sans doute?

SOPHIE.

Oui.

LE COLONEL.

Il sera refusé.

SOPHIE, *étonnée.*

Ah!

LE COLONEL.

Je lui veux du bien...

SOPHIE, *d'un air de méfiance.*

Mais...

LE COLONEL.

Vous l'avez laissé dans l'erreur?

SOPHIE.

Sans doute.

LE COLONEL.

Bon! cela entre dans mes projets.

SOPHIE.

Quels projets?

LE COLONEL.

Vous saurez tout.

SOPHIE.

Je vous préviens qu'il doit revenir ici dans un quart d'heure pour braver Laure, m'épouser et vous tuer.

LE COLONEL.

Bien! il faut que je fasse mes dispositions. (*il appelle.*) Lafleur. (*à Lafleur qui entre.*) Attelez sur le champ. Je sors.

SCÈNE XII.

LES MÊMES, LAFLEUR.

LAFLEUR, *au colonel.*

Le capitaine qui doit venir s'exercer avec vous au pistolet, sera ici dans trois quarts d'heure.

LE COLONEL.

Je serai de retour. Porte mes pistolets dans le pavillon du jardin. (*Lafleur sort.*)

SCÈNE XIII.

SOPHIE, LE COLONEL.

SOPHIE, *à part, regardant furtivement le colonel.*

Jeune encore, brave et riche! (*après un moment de silence.*) Je réfléchis, je crois. Est-ce que je suis malade?

LE COLONEL, *revenant à Sophie.*

Ah! ça, je vous recommande... ma femme... ma femme! c'est singulier! j'éprouve un plaisir en prononçant ce mot-là... je ne croyais pas qu'il fût aussi agréable de pouvoir dire. (*il lui prend la main.*) ma femme!

SOPHIE.

Monsieur, ne vous attendrissez pas, car vous allez me faire rire.

LE COLONEL.

Je me sauve. (*il la regarde tendrement en lui tenant toujours la main.*)

SOPHIE.

N'avez-vous pas dit d'atteler?

LE COLONEL.

Pardon, c'est qu'il me semble que j'oublie quelque chose. (*Il lui baise la main.*)

SOPHIE.

C'était cela.

SCÈNE XIV.

LES PRÉCÉDENS, ANTOINE. *Il porte l'habit et l'équipement du colonel.*

ANTOINE, *entrant.*

Monsieur, la voiture est prête.

LE COLONEL.

Fort bien. Je vous recommande madame d'Armancourt ; soyez attentif à ses moindres ordres. Madame...

SOPHIE.

Je rejoins mon amie, Monsieur. (*à part.*) Je brûle de savoir ce qu'il a dit à Laure. (*Haut.*) Et pendant votre absence, je vais l'entretenir d'un mari dont elle doit attendre tout son bonheur. (*elle entre dans l'appartement de Laure.*)

SCÈNE XV.

LE COLONEL, ANTOINE.

ANTOINE, *à part.*

D'un mari... cela est clair.

LE COLONEL, *appelant.*

Lafleur ? Lafleur ?.. ce diable de Lafleur !

ANTOINE.

Monsieur, si je puis vous être utile ?..

LE COLONEL.

Volontiers ; je n'osais vous en prier. M. Antoine, aidez-moi à m'habiller. (*en s'habillant.*) Si M. Durand revenait, je vous défends de lui faire parler à Madame la Comtesse.

ANTOINE.

Oui, Monsieur le Comte.

LE COLONEL.

Mais faites-le attendre... je serais bien aise de le voir.

ANTOINE.

Monsieur, il sera enchanté... c'est un honnête homme, obligeant...

LE COLONEL.

Oui, il a obligé plusieurs jeunes officiers de mon régiment, et je serais fort content de le rencontrer ici pour avoir le plaisir...

ANTOINE.

Monsieur le Comte, c'est trop d'honneur...

LE COLONEL.

De lui couper les oreilles.

ANTOINE, *toussant.*

Hum ! hum ! (*le Colonel sort.*)

SCÈNE XVI.

ANTOINE, *seul.*

Je tiens peu aux oreilles de M. Durant ; mais je tiens à ce qu'il n'y ait pas de scène dans mon hôtel. Je crois donc prudent de donner des ordres précis pour empêcher ledit Durant de se trouver en présence du Comte. (*On voit Durant entrer furtivement ; il a l'air de s'être caché derrière la porte pour éviter le Colonel à la sortie.*)

SCÈNE XVII.

ANTOINE, DURANT.

ANTOINE, *sans apercevoir Durant.*

D'un autre côté, je le connais peu ; c'est un homme de rien... et quand un Comte dit qu'un Durant est un fripon...

DURANT, *s'avançant.*

Me voilà.

ANTOINE.

Je parlais de vous.

DURANT, *à part.*

J'ai évité heureusement ce diable d'homme !

ANTOINE, *à part.*

Il faut le congédier. De la fermeté ! (*il tousse.*) Hum ! hum !

DURANT, *à part.*

J'aime mieux avoir affaire à Madame.

ANTOINE, *d'un ton imposant.*

M. Durant....

DURANT.

Je sors des bureaux du Ministre de la guerre. J'ai voulu avoir en mains les preuves les plus positives.

ANTOINE.

M. Durant...

DURANT.

Non, c'est qu'on a prétendu m'abuser, me plaisanter, prendre le nom d'un homme qui...

ANTOINE.

Je ne plaisante pas, moi, M. Durant...

DURANT.

Mais j'ai là de quoi le confondre; et je lui prouverai qu'il a été tué glorieusement à la tête de son corps.

ANTOINE, *à part.*

Il extravague!

DURANT.

Qu'il est mal à un homme qui n'est plus de ce monde, de prendre les gens à la gorge et de les chasser honteusement... Qu'il ne lui convient pas d'empêcher les vivans de rentrer dans leurs fonds.

ANTOINE, *à part.*

Quelque mauvaise affaire lui tourne la tête.

DURANT.

Mais je ne crois pas aux revenants, et quoiqu'il m'ait dit dans sa dernière lettre: *M. Durant, vous êtes un grand coquin!...*

ANTOINE, *à part.*

Voilà qu'il reprend sa raison. (*Haut.*) J'ai à vous parler d'une affaire importante.

DURANT.

D'une affaire?

ANTOINE.

Vous êtes cause qu'il se passe ici des choses extraordinaires; et votre vie n'est point en sûreté.

DURANT.

Que voulez-vous dire?

ANTOINE.

Il a l'air calme, tranquille, mais intérieurement, il est emporté, colère, et capable de vous tuer du plus beau sang-froid du monde.

DURANT, *tremblant.*

Qui? le mort?

ANTOINE.

Eh bien! oui; le mort m'a apparu, et il m'a dit d'une voix terrible...

DURANT, *effrayé.*

M. Antoine!!.

ANTOINE.

« Si Durant vient, qu'il m'attende en ces lieux! »

DURANT, *tremblant.*

Vous plaisantez très-bien... votre conversation est agréable, mais...

ANTOINE.

» Il a obligé plusieurs Officiers de mon corps...

DURANT, *reculant vers la porte.*

Une affaire...

ANTOINE.

» Et je serais bien aise de le trouver ici pour avoir le plai-
» sir...

DURANT, *reculant.*

Au plaisir!

ANTOINE.

» De lui couper les oreilles. »

DURANT.

Bien! bien! il est aimable ce M. Antoine. (*à part.*) Ce que c'est que d'être faible! (*Haut.*) Je voulais voir Madame d'Armancourt, mais...

ANTOINE.

La mort n'entend pas que vous parliez à sa veuve!

DURANT, *tremblant et feignant de rire.*

Allons, allons, *Le mort n'entend pas!* vous avez de l'esprit, M. Antoine...

ANTOINE, *à part.*

Il déraisonne!

DURANT, *à part.*

J'ai de braves recors qui n'auront pas peur... (*à Antoine.*) Au revoir, M. Antoine. *Le mort n'entend pas!*.. C'est très-plaisant!.. c'est... (*En se retournant, il heurte Sainville qui entre avec agitation.*)

SCÈNE XVIII.

ANTOINE, SAINVILLE.

ANTOINE, *riant aux éclats.*

Il descend les escaliers quatre à quatre!

SAINVILLE, *se promenant à grands pas, et s'arrêtant devant Antoine.*

Qu'est-ce?

ANTOINE.

Je ne comprends pas pourquoi je lui ai fait peur... Monsieur, j'ai bien l'honneur de vous saluer. (*Il sort.*)

SCÈNE XIX.

SAINVILLE, *seul.*

Non, plus de doute!.. et je laisserais le Comte jouir de son triomphe?.. quoi! ne pourrais-je pas l'oublier, la braver, la haïr!.. haïr Laure!.. mais son époux... oui, je dois... (*après avoir réfléchi.*) Un éclat!.. la compromettre!.. avouer hautement les droits qu'elle m'avait donnés sur son cœur... l'affliger!.. non... la fuir!.. le Ministre avait disposé de cette place... un autre peut m'éloigner, et je veux... elle est là!.. oui, avant de partir, je veux la voir... je serai calme, tranquille... point de reproches, pas de plaintes... un dernier adieu, et la promesse d'une éternelle amitié! (*Il va vers l'appartement de Laure, sans apercevoir le Colonel qui rentre.*)

SCÈNE XX.

SAINVILLE, LE COLONEL.

LE COLONEL, *à part.*

Le voici, commençons mon épreuve.

SAINVILLE.

Frappons... Laure?... Laure?...

LE COLONEL, *le touchant doucement sur l'épaule.*

Monsieur!..

SAINVILLE, *à part.*

O ciel! le Comte!

LE COLONEL.

Il me semble, Monsieur, que vous frappiez à la porte de ma femme.

SAINVILLE, *à part.*

Sa femme! ce nom me rend toute ma colère!

LE COLONEL.

Monsieur, c'est que... ma femme ne reçoit pas ses amis pendant mon absence... mais parlez; me voilà; c'est absolument la même chose.

SAINVILLE, *avec hauteur.*

Monsieur, je pense que votre intention...

LE COLONEL.

Permettez... cela s'est fait si vite... je connais fort peu la Comtesse, et point du tout ses amis.

SAINVILLE, *vivement.*

Vous insultez Laure !

LE COLONEL, *à part.*

Bien ! (*Haut.*) *Laure !* je ne sais pas, mais ce *Laure* me paraît familier.

SAINVILLE.

Monsieur !..

LE COLONEL.

Il y a long-temps que vous connaissez mon épouse ?

SAINVILLE.

Oui, Monsieur.

LE COLONEL.

Vous êtes peut-être son parent, son cousin ?

SAINVILLE.

Non.

LE COLONEL.

Tant mieux, je n'aime pas les petits-cousins.

SAINVILLE, *se contenant à peine.*

Je vous le répète, Monsieur, vous insultez !.. quoi! vous êtes son époux, et vous n'appréciez pas le trésor que vous possédez !.. tant de grâces, de qualités, de vertus...

LE COLONEL.

Monsieur, il me semble que vous plaidez chaudement la cause de ma femme...

SAINVILLE.

Oui, Monsieur, je la défendrai toujours contre les calomniateurs, les envieux, les jaloux, contre vous-même...

LE COLONEL.

Je vous suis obligé du vif intérêt...

SAINVILLE.

Elle est à vous ; vous vous êtes chargé du soin de son bonheur ; (*se contenant à peine.*) vous m'en répondrez !

LE COLONEL.

Monsieur !...

SAINVILLE.

Il faut qu'elle soit heureuse !

LE COLONEL.

Je crois que vous vous seriez chargé volontiers de ce soin.

SAINVILLE.

Point de soupçon Monsieur, qui puisse attaquer l'honneur de Laure!

LE COLONEL.

Mais permettez...

SAINVILLE, *avec emportement.*

Sera-t-elle heureuse?

LE COLONEL, *froidement.*

Je n'en réponds pas.

SAINVILLE.

Quoi! cet ange de bonté, de douceur!.. quoi! Laure soupçonnée, tyrannisée, malheureuse!.. vous m'en ferez raison, Monsieur.

LE COLONEL.

Quand vous voudrez, Monsieur. (*A part.*) Je suis content de lui.

SAINVILLE.

A l'instant même!

LE COLONEL.

Bien! justement le jardin de l'hôtel est vaste et couvert.

SAINVILLE.

Fort bien!

LE COLONEL.

Je m'y exerce souvent au pistolet, et les voisins n'y font seulement pas attention.

SAINVILLE, *faisant un mouvement pour sortir.*

Allons, Monsieur.

LE COLONEL, *lui offrant un siége.*

Voulez-vous bien prendre la peine de vous asseoir,

SAINVILLE.

Comment?

LE COLONEL.

Oui; je me bats volontiers; mais j'aime à causer.

SAINVILLE.

Monsieur...

LE COLONEL.

Ma pipe? (*Un domestique la lui apporte; il l'allume et fume.*

Vous entendez bien qu'on n'est pas sûr de se revoir... (*Lui faisant signe de s'asseoir.*) Après vous.

SAINVILLE, *s'asseyant.*

Je suis au supplice!

LE COLONEL, *s'asseyant.*

Et j'ai du plaisir à causer une petite demi-heure avec les personnes qui me font l'honneur de se battre avec moi.

SAINVILLE.

Dépêchons, Monsieur.

LE COLONEL.

Fumez-vous? (*Sainville fait un mouvement d'impatience.*) C'est du tabac que j'ai apporté des Iles... Que voulez-vous? nous autres militaires... la Comtesse n'aime pas trop cela...

SAINVILLE.

Monsieur, le temps...

LE COLONEL.

Monsieur, il faut que vous me rendiez un service.

SAINVILLE.

Parlez.

LE COLONEL.

C'est de tâcher de ne point me manquer.

SAINVILLE.

Comment?

LE COLONEL.

Oui, je ne sais pas; mais la vie... se marier si brusquement.. peut-être serai-je... malheureux... une jeune femme que je connais à peine... que sans doute l'intérêt... un titre...

SAINVILLE, *vivement.*

Ah! Monsieur, gardez-vous de le croire! un moment, un seul moment, j'ai pu avoir cette coupable pensée... je l'ai repoussée... je la déteste! je connais Laure, la noblesse de son caractère...

LE COLONEL, *à part.*

Brave jeune homme!

SAINVILLE.

Elle est incapable de ce vil calcul! j'ignore, je ne puis concevoir le motif qui a pu la porter à se sacrifier...

LE COLONEL, *s'inclinant.*

Merci.

SAINVILLE.

Mais il est noble, respectable; j'en suis garant, je le jure.

LE COLONEL.

Vous vous emportez toujours quand il s'agit de ma femme.

SAINVILLE.

Monsieur, c'est que...

LE COLONEL.

J'entends bien, c'est que... vous êtes amoureux de ma femme.

SAINVILLE, *troublé.*

Je...

LE COLONEL.

Cela est assez naturel; vous la connaissez depuis longtemps, elle est charmante; mais cependant... je suis fâché que vous ne fumiez pas... ah! ça, nous allons donc nous couper la gorge?

SAINVILLE.

Oui, Monsieur.

LE COLONEL.

Quand j'y pense... cette pauvre petite Comtesse...

SAINVILLE.

Comment?

LE COLONEL.

Quelle que soit l'issue du combat...

SAINVILLE.

Que voulez-vous dire?

LE COLONEL, *fumant.*

D'abord, si je vous tue... un ancien ami... elle est capable de me bouder... huit jours peut-être : les femmes sont si singulières... si vous me tuez, comme je l'espère, pourra-t-elle épouser celui...

SAINVILLE, *à part.*

O ciel!

LE COLONEL.

D'un autre côté... un éclat... un duel... sa réputation... (*Il fume.*) Oh! ça... c'est une chose... Dites-moi, Monsieur, que préférez-vous de l'épée ou du pistolet?

SAINVILLE, *à part, se levant.*

Qu'ai-je fait?.. quoi! Laure! Laure!... compromise, et par moi!..

LE COLONEL, *se levant.*

Je suis à vous, Monsieur ; la petite demi-heure est écoulée je crois. Nous allons.... (*L'observant.* Il hésite !...

SAINVILLE, *après avoir fait un effort sur lui-même, s'avançant vers le Comte, et lui prenant la main avec une noble fierté.*

Comte, jamais personne n'a douté de mon honneur, et je crois qu'il me guide encore dans la démarche que je vais faire. J'aime Laure, je vous haïssais... je vous ai provoqué, je me rétracte. A présent que j'ai satisfait à ce que veulent la justice et la raison, si vous l'exigez, je vous suis.

LE COLONEL, *emporté par un premier mouvement.*

Viens, jeune homme... je suis Français ; j'ai combattu dans cinq campagnes, et je te tiens pour un brave... Ah ça ! qu'est-ce que je fais donc ? j'embrasse l'amant de ma femme.

SCÈNE XXI.

LES MÊMES, LAFLEUR.

LAFLEUR, *bas au Colonel.*

Le capitaine s'impatiente au jardin. Vos pistolets sont dans le pavillon.

LE COLONEL, *à part et réfléchissant.*

Mes pistolets... idée excellente ! bizarre peut-être... mais elle me tirera d'embarras. (*Bas à Lafleur.*) Je te suis. (*Lafleur sort par l'appartement de son maître.*)

SAINVILLE

Je m'éloigne, Monsieur, je la fuis pour toujours; je vous ordonnais de la rendre heureuse, je vous en supplie à présent, et j'y compte.

LE COLONEL, *l'arrêtant.*

M. Sainville, votre procédé est noble, généreux, mais me croyez-vous incapable... restez.

SAINVILLE.

Quoi, Monsieur !

LE COLONEL.

Mon ami... oui, je me plais à vous donner ce nom... votre

caractère commande l'amitié, inspire la confiance... une seule question avant de nous quitter... peut-être pour long-temps. (*A part e. riant.*) Un air bien sombre!

SAINVILLE.

Pour toujours!

LE COLONEL, *soupirant.*

Je le crains... répondez-moi avec franchise.

SAINVILLE.

Je vous le jure.

LE COLONEL.

Vous aimez Laure?

SAINVILLE.

Oui, pour la vie.

LE COLONEL.

Êtes-vous aimé?

SAINVILLE, *hésitant.*

Monsieur..

LE COLONEL.

Vous m'avez promis...

SAINVILLE.

J'ai crû l'être... elle me l'a dit.

LE COLONEL.

Elle vous l'a dit?

SAINVILLE, *vivement.*

Dans un temps où elle pouvait l'avouer sans rougir... son cœur a changé.

LE COLONEL.

Non, le cœur de Laure ne changera jamais.

SAINVILLE.

Il est à vous.

LE COLONEL, *lui prenant la main d'un air sombre.*

A vous... elle vous aime... elle vous l'a dit... Laure ne sait point tromper.

SAINVILLE.

Mais...

LE COLONEL.

Ne vous tourmentez pas ; je suis sûr qu'elle vous aime. (*Après avoir réfléchi.*) Sainville.. plus de départ.

SAINVILLE.

Comment !

LE COLONEL.

Non, vous restez... dans ce moment, j'aurais le droit d'exiger, de commander peut-être... Vous méritez d'être heureux, Sainville... Laure aussi.

SAINVILLE.

Laure !

LE COLONEL.

Vous la verrez.

SAINVILLE.

Non, je dois la fuir, fuir son époux.

LE COLONEL, *mystérieusement.*

Elle est veuve !

SAINVILLE, *étonné.*

Veuve !

LE COLONEL.

Oui, dans un quart d'heure...

SAINVILLE, *effrayé.*

Monsieur le comte !...

LE COLONEL.

Que vous êtes enfant !... ce n'est rien.

SAINVILLE, *effrayé.*

Expliquez-moi...

LE COLONEL.

La moindre des choses.

SAINVILLE.

Je veux savoir...

LE COLONEL.

J'ai vu cela de si près.

SAINVILLE.

Quels sont vos projets?

LE COLONEL.

Et puis, cela m'arrange.

SAINVILLE.

De grâce, Monsieur...

LE COLONEL.

Vous me désobligeriez. (*Reprenant sa pipe.*) Vous sentez bien que j'ai quelques petites affaires à...

SAINVILLE, *vivement.*

Je ne vous quitte pas!

LE COLONEL.

Vous allez me fâcher!... que diable, Monsieur? après ce que je fais pour vous... demeurez, Sainville; je le veux; je l'exige... Il ne me reste plus qu'à vous répéter ce que vous me disiez tout-à-l'heure : *Rendez la heureuse...*

SAINVILLE.

Qui?

LE COLONEL.

Ma femme. Adieu. (*Il entre brusquement dans son appartement et s'enferme.*)

SCÈNE XXII.

SAINVILLE; *seul, dans la plus grande agitation.*

Que veut-il dire? (*Il court vers la porte.*) Il s'enferme!... je l'entends s'éloigner à grands pas... quels sont ses projets? que va-t-il faire? Laure... son épouse! veuve! veuve!... et c'est moi... mais non, je ne puis croire... Cette froideur, ce calme... (*vivement.*) Il était ému... oui, il semblait méditer... Quel nouveau malheur me menace!... il est seul... pénétrons jusqu'à lui... courons!.... (*Un coup de pistolet se fait entendre dans le fond du jardin.*) O ciel! je suis tremblant... je ne puis avancer... sa porte s'ouvre...

SCÈNE XXIII.

SAINVILLE, LAFLEUR, *sortant tristement de l'appartement de son maître.*

SAINVILLE, *s'interrompant et respirant à peine.*

Le comte... est-il dans son appartement ?

LAFLEUR, *d'un air consterné.*

Non, Monsieur, et voici un paquet...

SAINVILLE.

Donnez. (*Il l'ouvre avec la plus grande émotion.*) Quoi ! cette place que je sollicitais était à la disposition du comte, et c'est à moi... (*A Lafleur.*) Mon ami... (*Lafleur pousse un gros soupir.*) (*A part.*) Je n'ose l'interroger... (*Haut.*) Où est votre maître ?

LAFLEUR.

Monsieur, dans...

SAINVILLE, *vivement.*

Dans le jardin ?

LAFLEUR.

Oui, Monsieur, il est dans le jardin.

SAINVILLE.

Grand Dieu ! j'ai entendu...

LAFLEUR.

Oui, Monsieur... et voici son notaire.

SAINVILLE.

Son notaire !

LAFLEUR.

Il est chargé de vous lire l'acte...

SAINVILLE, *confondu.*

L'acte !

SCÈNE XXIV.

LES PRÉCÉDENS, LE NOTAIRE.

LE NOTAIRE.

Je viens, Monsieur, vous instruire des intentions de M. le Comte.

SAINVILLE.

Malheureux que je suis !

LE NOTAIRE.

Pas tant, Monsieur, pas tant. D'abord, la Dame est jolie. D'un autre côté, la terre qu'il vous abandonne vaut bien vingt-cinq mille francs de rente, et...

SAINVILLE, *lui serrant la main avec emportement.*

Homme vil ! homme intéressé ! et vous avez pu croire que j'accepterais de pareils bienfaits ! que je pourrais profiter !.. déchirez ! déchirez à l'instant cet acte que je déteste !.. je veux voir le Comte, et s'il peut m'entendre... oui, je m'éloigne pour jamais !.. je renonce à Laure, à la vie... (*A Lafleur.*) Conduis-moi.

SCÈNE XXV.

LES PRÉCÉDENS, LE COLONEL, LAURE, SOPHIE.

SAINVILLE.

Que vois-je ?

LE COLONEL.

Ma veuve, que j'ai l'honneur de vous présenter.

SAINVILLE.

Quoi, Monsieur !...

SOPHIE.

Eh ! oui, grand enfant que vous êtes ! (*l'observant.*) Qu'il est bien ! qu'il est pâle ! qu'il est intéressant ! on ne peut résister à tout cela ; Monsieur, on vous aime toujours, et l'on vous épouse.

LAURE.

Le comte m'a déterminée ; je suis à vous, Sainville.

SAINVILLE.

C'est Monsieur ?...

LE COLONEL.

Oui, c'est moi qui entends que vous épousiez ma femme.

SOPHIE.

Mais il se fait prier, je crois.

LE COLONEL.

J'ai été le mari de Madame par le plus grand hasard du monde : vous me pardonnerez sans doute, Sainville, d'avoir conservé quelques heures un titre si doux.

SAINVILLE.

Monsieur, vous m'avez mis dans une position cruelle, ridicule même, et je ne sais si... (*Se jetant dans ses bras.*) Ah ! comte !

SOPHIE.

Et puis... (*Lui faisant signe de s'approcher de Laure.*) Allons donc, le mari le permet.

LE COLONEL.

J'y consens.

SAINVILLE.

Chère Laure ! (*Il l'embrasse.*)

SCÈNE XXVI.

LES PRÉCÉDENS, ANTOINE.

ANTOINE, *qui a entendu le Colonel, et qui voit Sainville embrasser Laure.*

O ciel !... je n'en puis revenir. (*A part.*) Il ne faudra pas dire cela à madame Antoine.

SOPHIE.

O Dieu ! M. Antoine se trouve mal !

ANTOINE.

Non, Madame, je ne me trouve pas mal, mais je ne trouve pas cela bien.

LE COLONEL.

Tranquillisez-vous, monsieur l'hôte; Madame n'est plus mon épouse ; je me contente d'être son cousin et son ami.

ANTOINE.

Ah ! dès que les mœurs...

LE COLONEL.

Oui, Sainville, Laure est veuve du seul parent qui me restait et dont la conduite m'avait éloigné pour toujours; il l'a rendue malheureuse ; je répare ses torts ; c'est tout simple.

SCÈNE XXVII.

Les Précédens, DURANT, Recors, *qui restent à la porte.*

DURANT, *aux recors.*

Messieurs, je vous recommande mes oreilles.

SOPHIE, *riant.*

Le voilà ! charmant !... impayable ! approchez donc, mon cher petit M. Durant.

DURANT, *saluant profondément le Comte.*

Monsieur, voulez-vous me permettre d'avoir l'honneur de vous présenter votre extrait mortuaire ?

LE COLONEL, *prenant le papier.*

Oui, c'est juste, j'ai été tué le...

DURANT.

Je savais bien...

LE COLONEL.

Mais je suis mort glorieusement et en brave ; cela me fait plaisir. Je reviens...

DURANT, *effrayé.*

Gare mes oreilles !

LE COLONEL.

En mort d'honneur pour... payer mes dettes, je solderai vos billets, M. Durant.

SAINVILLE.

Que dites-vous, Monsieur ?... ma fortune...

LE COLONEL.

Paix !

SAINVILLE.

Je ne souffrirai point.

LE COLONEL.

Et voilà un acte que nous allons signer tous trois, et par lequel je donne à Madame ma terre de Saimbel.

SOPHIE.

Fort bien!

LAURE.

Je n'accepterai point.

LE COLONEL.

Et si l'on me fâche, je déchire ce contrat, et je la fais mon héritière.

SOPHIE.

Qu'est-ce que ce contrat?

LE COLONEL.

Rien... un petit papier que vous allez signer tout à l'heure, et par lequel il se trouvera que vous serez ma femme.

SOPHIE, *riant.*

Votre femme, moi?

LE COLONEL.

Permettez... j'ai joué le personnage d'un mari, cela m'a mis en goût, et je veux l'être.

SOPHIE, *d'un ton sérieux..*

Vous m'avez obligée dans la personne de ma plus chère amie, vous faites son bonheur, et vous me croyez assez ingrate... fi! comte, cela est mal; c'est douter de mon cœur, de ma reconnaissance... soyez heureux... je vous refuse.

LAURE.

Ma chère Sophie!

SAINVILLE.

Madame!...

LE COLONEL.

J'ai cédé ma femme; il m'en faut une absolument.

SOPHIE.

Comment se défendre contre tous? vous le voulez? (*Donnant la main au comte.*) Que je vous plains! Comte.

FIN.

www.ingramcontent.com/pod-product-compliance
Ingram Content Group UK Ltd.
Pitfield, Milton Keynes, MK11 3LW, UK
UKHW022146170726
13837UKWH00004B/1803

9 782329 106168